# SENTIMENTI VAGABONDI

## BOYKO OVCHAROV

Traduzione di
### ROBERTA BERARDI

*Alla mia amata defunta madre Bojourka e il mio unico amore*
*Marieta, che ammiro immensamente*

# PROLOGO

C'è un percorso prestabilito dal destino per ognuno di noi, come se niente e nessuno possano mai davvero cambiare. Ma è davvero così? Magari qualcuno ha qualcosa da ridire.

Si tratta delle persone che credono che il destino si possa modificare perché somiglia ad una striscia di litorale sabbioso che sopravvive alla marea sulla riva, ma è comunque diversa ogni volta.

A questo gruppo di persone appartiene una coppia – due giovani compagni, che sanno ancora amare e vivono di sogni. Guardano all'essenza profonda del tempo del mondo, così terreno e umano, ma anche a quella dell'eternità che giace in loro, il cuore delle cose.

Un incrocio di strade che si intrecciano li conduce lontano ma solo una li riporta a casa.

Spesso si dà il caso che sia proprio la più lunga, la più tortuosa e spesso la più solitaria. Quando guardiamo i segni che la vita ci manda, ci appaiono reminiscenze di angosce, di gioie, e di beatitudini di breve durata.

Ciò nonostante, loro continueranno sempre a cercare la

propria casa o il calore familiare per come lo ricordano, quello del focolare.

Nel corso del tempo, però, realizzeranno che ormai quel focolare non esiste più e si è trasformato in un posto sgradevole popolato di sentimenti perduti.

# CAPITOLO 1

'Siamo arrivati. C'è nessuno a darci il benvenuto?' chiese lei.

'Non so. Il punto più importante è che non abbiamo un posto dove stare,' rispose lui in modo pensoso.

Cominciavano ormai sempre più a rendersi conto della triste verità che non avevano ancora una casa propria.

Lui sembrava riluttante ad andarsene. Lì, aveva lasciato il sorriso Luminoso di sua madre; quel sorriso che gli sarebbe sempre mancato disperatamente. Ma lì restavano anche le ombre di suo padre e di sua sorella, che di lui si erano dimenticati tempo addietro – come se non avesse mai significato nulla per loro. Erano troppo impegnati con la 'roba importante' tipo curarsi di se stessi e delle proprietà. Che se ne sarebbero mai fatti dell'amore dei familiari, o della gentilezza – qualità tanto vana secondo loro? Perché avrebbero dovuto preoccuparsi della sua solitudine? Non era affar loro. Era un bene che fosse così lontano.

Anche quando lui conobbe lei e si fidanzarono ufficialmente, loro erano rimasti fermi e saldi nel loro innato egoismo. Cosa importava a loro che quei due volessero stabilirsi e formare una propria famiglia?

Ora erano ricchi, possedevano una fortuna, mentre a lui non restava niente di niente. Loro erano felici, e a lui rimaneva solo la sofferenza. Da molto tempo gli invidiavano il fatto che fosse istruito, sofisticato e al servizio della scienza e della ricerca.

Sua sorella non era stata in grado di laurearsi e non parlava lingue straniere, ma in barba a ciò, sapeva come mettere in ridicolo gli altri, specialmente suo fratello. La sua scienza era la malvagità, che ha bisogno di molta maestria. Forse era quella la cosa che più piaceva a suo padre – dopo tutto, era la sua amata figlioletta.

La parola 'figlia' significava molto per la donna che lui stava per sposare. Si considerava tale per le persone a lei più care e non più in vita, cioè sua nonna Anastasia e suo nonno Marko. Erano i suoi veri genitori – premurosi e solidali. Dov'erano gli altri? Dov'erano sua madre e suo padre? Come al solito, erano nel loro mondo di avidità e avarizia infinite, che lei non riusciva a comprendere. Non accettava ancora la realtà che le avrebbero presto mostrato: il più alto risultato nella vita, per loro, erano soltanto il denaro e il fatto di essere gli unici padroni di tutto. Erano, però, padroni di se stessi? Non si erano forse trasformati in schiavi del semplice possesso? Una cosa era certa, lei non aveva posto né nelle loro tenute né nei loro pensieri.

A differenza della generazione precedente, non erano in grado di creare e dare agli altri nulla. Erano solo in grado di chiedere.

Non si erano scomposti quando avevano tolto tutto alla loro bambina per privarla di ogni suo sogno.

'C'è qualcosa di più spietato di questo?' Continuava a chiedersi lui.

Nei suoi pensieri, come lucine, scintillavano anche altre domande. Probabilmente il più importante era il dubbio se partire e andare all'estero per studiare e approfondire le sue capacità accademiche. Ma quella era una domanda retorica.

Col tempo, aveva capito sempre più chiaramente che l'educazione e l'intelletto erano le uniche cose che appartenevano esclusivamente a lui. L'unica via da seguire per lui. Sì, guardando avanti...insieme a lei. Tutto ciò che era in grado di darle in dono era il suo amore, ma desiderava offrirle molto di più: desiderava renderla felice. Avrebbe avuto successo? Possibile...

Aveva capito che con gli anni a volte il dolore potesse apparire, silente, negli occhi di lei, ma non smetteva di sperare. Per lui, lei rappresentava tutta la dolcezza della luce, una luce che ti cambia e che non dimentichi mai.

# CAPITOLO 2

Il ricordo del loro primo appuntamento gli faceva sentire ogni volta quel tipo così speciale di calore. Non importava che in quel momento facesse freddissimo e che la neve stesse cadendo lentamente e inesorabilmente sul terreno...

Entrambi erano stati invitati a cena in un ristorante a Sofia da alcuni amici in comune, ma nessuno dei due era troppo sicuro che ci sarebbe poi davvero andato.

Tuttavia, una sensazione profonda e inspiegabile li aveva condotti a quel luogo...e per loro non c'era altro da fare che lasciarla agire.

Quella notte, la notte in cui sentì il cuore di lei per la prima volta, come se fosse una di quelle notti sulle isole britanniche, che conosceva così bene. Poi, quando il cielo stellato fu così vicino alla terra che sembravano fondersi insieme in una bellezza silenziosa...

E allora arrivò il momento, in cui le vide il viso brillare come una piccola luna davanti ai suoi occhi. Una luna sconosciuta...

Tutti stavano chiacchierando vivacemente con altre persone. Lui e lei continuavano a lanciarsi occhiate furtive finché lui non trovava il coraggio di parlarle. Prima di tutto, com'è naturale, si presentò e in poco tempo iniziarono a conversare quasi fossero vecchi amici.

'È meraviglioso; ti stai laureando nel Regno Unito. Anch'io parlo inglese, anch'io e sogno di andarci. Vorrei entrare in contatto con un luogo nuovo e diverso che tuttavia possa sentire a me vicino. Sogno di fare lunghe passeggiate per le strade di Londra, Oxford, Cambridge e di intravedere il verde e fitto mosaico di siepi e campi sterminati, disseminato di cottage costruiti in campagne idilliache. Spero che già quest'estate il mio sogno possa realizzarsi: visiterò finalmente a questo paese che già tanto amo!', disse col viso illuminato da un sorriso.

Più veloce del pensiero, la risposta di lui giunse immediata:

'Sarei onorato di darti il benvenuto e parlarti ancora della mia vita lì.'

'Sarebbe stupendo. È interessante vedere come varie strade si intersechino. Tu vivi già in quel paese ed è proprio lì che io mi sto dirigendo.'

'È davvero così.'

In quel preciso momento, una sua amica si intromise nella loro conversazione:

'Voglio dirti che è estremamente modesta e allo stesso tempo molto intelligente e raffinata.'

'Perché non gli dici che parli correntemente il francese e che sei stata a Parigi?'

'Stavo giusto pensando di dirglielo, ma sei stata più veloce di me' rispose lei.

'In tal caso, potrei aver bisogno di ripresentarmi, visto che da poco ho iniziato a imparare il francese' dichiarò lui con orgoglio. 'Enchanté, Mademoiselle. Comment ça va?'

'Ça va bien, merci!' rispose lei con pronuncia impeccabile.

Si chiedeva se quella donna non fosse solo un figmento della sua immaginazione. No, era reale - nel suo aspetto così affascinante, nelle parole stimolanti, negli occhi lucidi e scintillanti.

I lunghi capelli rossicci le cadevano a onde sulla giacca dorata; il colore dei suoi occhi era simile a quello del mare verde-azzurro...somigliava così tanto alle immagini nei quadri di Sandro Botticelli...

Non poteva credere di essere in piedi accanto a lei: l'aspettava da così tanto tempo...era giunto il tempo della sua primavera...

Si stava facendo tardi. Tutti gli ospiti erano già andati via, tutti insieme. Ognuno verso la propria destinazione.

All'improvviso, come se si trattasse di qualcosa di mistico, una folata di vento prese a soffiare con violenza.

Lui le si avvicinò di soppiatto e con voce bassa e profonda le disse semplicemente:

'Spero di rivederti, perché non voglio mai più separarmi da te...mai...'

Lei lo guardò con dolcezza come se per dire:

'Neanche io...'

La sua silhouette si confuse rapidamente nei mille fiocchi di neve danzanti.

E in quell'istante, si sentì il più grande lupo solitario del mondo.

# CAPITOLO 3

Erano passati diversi giorni da quella notte. Quella settimana avevano progettato di uscire di nuovo con i loro amici in comune, di andare in un pub e poi al cinema. La sua amica gli aveva promesso che l'avrebbe invitata.

L'ora in cui dovevano uscire si stava avvicinando. Nel giro di mezz'ora erano già nel locale. Lui si guardò intorno, ma lei non c'era…Il tempo scorreva così lentamente, come se si trascinasse…Era ancora lì che l'aspettava. Dopo un po', si risolse a chiedere alla sua amica:

'Le hai detto che uscivamo oggi?'

'È chiaro! Certo che gliel'ho detto! Deve avere delle rogne da sbrigare, sarà per quello che non è potuta venire.' ribatté la sua amica in tono leggermente concitato.

Solo pochi giorni dopo avrebbe scoperto la verità, cioè che quella sua amica non l'aveva affatto chiamata per invitarla.

Già, è proprio difficile per una bella ragazza avere amiche buone e leali. Cosa può fare davvero l'invidia…?

Quell'assenza lo rattristò un bel po'.

Guardarono un film e poi parlarono di questioni da nulla.

Tutto gli sembrava così insipido e poco attraente senza di lei. Doveva assolutamente vederla di nuovo.

Non sapeva cosa le avrebbe detto e come lo avrebbe fatto, ma era certo che si trattasse della donna che cercava da sempre e sapeva già di amarla.

Quell'amore non aveva poi in realtà origini antiche? Ci sono molte canzoni sull'amore antico e ogni volta che le ascoltiamo, proviamo una fitta al cuore a una profonda commozione…

Quello fu un giorno nuovo e diverso per lui. Era determinato a chiamarla.

Fece il numero e lasciò che il telefono squillasse per un po', ma nessuno sembrava rispondere. Allora lasciò un SMS in cui diceva che aveva chiamato e voleva sentirla.

Finalmente! Dopo un po', fu lei a richiamarlo.

'Ciao!' disse lei con tono infantile.

'Ciao. Non ci hai raggiunti l'altra sera, ma mi piacerebbe molto vederti prima di tornare nel Regno Unito.'

'Ormai dovresti sapere che non mi piacciono le cose fatte alla svelta. Diciamo che sono un po'…vecchio stile e che…'

'Lo so benissimo, ma non concordo sul fatto che tu sia all'antica. Sei uguale a me quanto a stile e dignità'.

'Esattamente!'

'Comunque, me la dai una possibilità, vero? Mancano solo un paio di giorni alla partenza. Facciamo in modo incontrarci da qualche parte e poi andiamo da te.'

'Va bene, non voglio deluderti.'

'A presto, mia cara!'

Era tardo pomeriggio e il sole, debole e insipido, si vedeva a malapena attraverso la ragnatela della nebbia. Lui la stava aspettando e lei arrivò puntuale. Prima pranzarono, poi parlarono a lungo, in un modo che li faceva sembrare parte integrante l'uno dell'altro. Capivano entrambi anche le parole non dette. Sullo sfondo color pesca pallido delle pareti spiccavano molto distintamente le immagini appese di splendidi paesaggi.

Le pietanze erano deliziose e accompagnate da svariate

salse, ma quei due stavano condividendo qualcosa di molto più intenso di un'ottima cena. Avevano così tanto in comune: pensieri, idee e concetti. La loro gioventù era adorna di così tante aspirazioni quanti sono i boccioli degli alberi fruttiferi nel periodo della fioritura...

Non erano ore quelle che passavano insieme, ma piuttosto un continuum senza fine e all'interno del quale tutto era possibile.

Poi andarono in un famoso pub della città per ascoltare della musica dal vivo. Durante quel fine settimana si esibiva una band locale.

Al centro del soffitto c'era una vetrata colorata, e dei tavolini ovali di legno erano ammassati in cantucci color verde intenso.

In quel momento, entrambi si immersero nella malinconia delle proprie riflessioni sulla vita e sulla solitudine.

Sarebbe partito di lì a poco.

Doveva raggiungerlo, ma sarebbe rimasto tutto invariato fino al suo arrivo?

All'improvviso qualcuno risvegliò il silenzio dentro di loro. Voci e musica: violino e chitarra. Suonavano "One" degli U2.

Le prese quella sua piccola mano ed entrambi si immersero nei rispettivi sguardi...

Tra loro non restava che l'amore.

Nei giorni rimasti prima della sua partenza presero ad uscire, facevano lunghe passeggiate in città e dopo guardavano film. Ne discutevano, parlavano di attori e attrici preferiti. Lui faceva battute sciocche:

'Beh, forse non sono Alec Baldwin, ma spero di piacerti anche così come sono.'

'Certo,' sorrise.

Non era in grado di vedere se stesso attraverso gli occhi di lei, ma pensava che le piacesse la sua rimarchevole statura (a dire il vero era un po' troppo alto; quasi 2 metri).

Aveva i capelli lisci e scuri e portava la frangia, gli occhi erano castano scuro e aveva un pizzetto appena accennato.

Ogni volta che si vedevano, le portava una rosa diversa: una volta di un bianco delicatissimo, un'altra volta rosa corallo, e l'ultima notte prima della sua partenza rosso scuro, come una fiamma vellutata.

'Grazie per la rosa!'

'Sono contento che ti piaccia, ti sta bene', rispose.

'Vorrei ringraziarti per tutte queste memorabili serate. Non mi sentivo così da anni', disse.

'Come?'

'Felice, sono solo felice!'

La abbracciò forte e la baciò per la prima volta.

'Dai, ora vado...In tarda primavera tornerò di nuovo per breve periodo...'

'Ti aspetto. Buon viaggio e...tieni sempre a mente che le distanze da sole non possono separarci. Sarò con te, sempre al tuo fianco, in qualche modo.' aggiunse.

Era così dolce e sincera, così diversa e lontana dall'ipocrisia e dalla rigidità delle altre donne che conosceva.

Si voltò. Lei era ancora in piedi sulla soglia e lo fissava a distanza.

# CAPITOLO 4

*E*ppure, quel giorno stesso, dopo essere partito, si sentiva come se si stesse separando dal suo cuore, che si trovava da qualche parte là fuori - con lei.

Le inviò un messaggio dicendole che gli mancava già e che l'amava.

Per molti altri mesi continuarono a sentirsi a quel modo e a scambiarsi messaggi. Un amore che stava davvero superando e colmando le lunghe distanze – lui le inviava anche mazzi di fiori. Tra loro c'era una connessione incomprensibile per il raziocinio umano: molto spesso lei presentiva il momento in cui lui avrebbe chiamato, mentre lui indovinava cosa gli avrebbe detto.

Fu in questo scenario che l'inverno iniziò lentamente a mettere via i suoi merletti innevati e sul terreno non restarono che scie d'acqua.

Il sole cominciava ad emanare sempre più generosamente il suo calore. Era marzo. Tutti stavano celebrando l'arrivo della primavera – un'antica tradizione bulgara. Le persone si decoravano con "martenitsi", ornamenti nella forma di un ragazzo fatto di filo rosso e una ragazza di tessuto bianco. Si ritiene che questi ornamenti portino salute e buona fortuna.

Durante quella prima settimana di marzo, le telefonò di nuovo.

Come al solito, parlarono di come stavano passando i loro giorni, tuttavia, verso la fine della conversazione, lui si zittì e il suo tono si affievolì; poi diede voce alla sua mente con circospezione:

'Oggi sono passati esattamente 10 anni da quando mia madre è morta. Mi mancherà per sempre.'

'Mi dispiace di non averla mai conosciuta.' disse lei con voce malinconica.

Menzionava spesso sua madre e le raccontava di lei: una donna alta, snella e bella, dai caldi occhi di un blu vellutato. Lei, che parlava francese, aveva lavorato in alcuni dei migliori ospedali e viaggiato in paesi lontani, persino in Africa. Ricordava ancora le sue ammonizioni: studiare sodo, mantenere il cuore saldo e trovare una ragazza solare.

Forse non avrebbe mai capito perché la vita gli avesse portato via la persona più cara, la sua insostituibile madre. All'altro capo della linea, anche lei rimase in silenzio e lui non poteva indovinare che anche lei avesse subito una grave perdita e separazione.

Da poco era morta anche sua nonna. Lei era la sua nipote più cara: le era stato dato il suo nome, oltre a quello avevano in comune gli stessi occhi e gli stessi capelli. Sua nonna faceva la dentista e durante la sua vita era tata d'aiuto molte persone che l'avrebbero sempre ricordata.

Entrambi - sua madre Bojourka (tradotta liberamente come "peonia" in inglese) e sua nonna Mariika - si somigliavano così tanto in gentilezza e per il comune destino.

Più tardi, si sarebbero resi conto che anche nell'aldilà sarebbero state insieme - scoprirono che erano state sepolte molto vicine l'una all'altra. Così, ogni volta che i due giovani si recavano lì per commemorarle, condividevano l'angoscia e il dolore comuni.

# CAPITOLO 5

*L*e giornate stavano diventando sempre più lunghe e soleggiate. Le verdi chiome degli alberi torreggiavano lungo le strade e nell'aria si cominciava a diffondersi l'aroma dei fiori primaverili.

Maggio portava sempre con sé uno spettacolo di raggi di sole e colori vivaci...

Fu proprio allora che fece ritorno e quelle settimane furono un turbinio di incontri ed emozioni.

Conobbe i suoi parenti e assicurò loro che avrebbero voluto rendere ufficiale la relazione al più presto.

Poi li aspettò il loro primo viaggio insieme.

Partirono la mattina presto e lentamente si allontanarono dalla città di Sofia. Lui guidava attento e cauto, mentre la strada serpeggiava come un fiume di pietra.

Con della piacevole musica in sottofondo, di tanto in tanto si scambiavano un paio di parole, ma per la maggior parte del tempo si limitavano a godere dei paesaggi e degli scenari fatti di fiumi, scogliere e dirupi mozzafiato, ma anche boschetti, valli e prati.

Sì, forse allora lei avrebbe potuto essere completamente felice, come ogni ragazza innamorata, ma...

Nella sua vita fino a quel momento, anche nei momenti più belli, c'era sempre stato un "ma" a portarle tristezza, che le tarpava le "ali" e la bloccava bruscamente.

Quando si stava avvicinando il ballo di laurea, i suoi genitori non facevano che litigare ed erano sull'orlo del divorzio. Il loro matrimonio purtroppo era un fallimento. Ciò nonostante, rimasero insieme perché ciò che li univa indissolubilmente non erano i sentimenti, ma i loro interessi comuni in materia di ricchezze e beni materiali.

Ora che era di nuovo ad un crocevia della sua vita, la disillusione e la delusione nei loro confronti tornavano a palesarsi.

Non gli aveva ancora parlato di loro - dei litigi e delle scenate che avevano fatto di fronte a lei; delle parole offensive di sua madre che lo aveva definito un ragazzo senza un soldo, senza proprietà, e da cui non avrebbero tratto alcun beneficio; che erano entrambi colti ma idioti e che di certo non avrebbero dovuto fare quel viaggio.

Era consapevole che, in quella situazione, in gioco non c'era solo la loro avidità, ma anche molta gelosia e alcuni problemi assai profondi e radicati riguardanti la gentilezza e la bellezza della loro figlia. Non sapeva ancora che il padre e la sorella di lui maggiore fossero così simili ai suoi genitori. Col tempo furono costretti a rendersi conto di non avere delle famiglie, ma di trovarsi isolati e circondati da entrambi i lati da persone brutali ed egoiste, che non volevano che lasciarli andare avanti e che facevano tutto il possibile per togliere loro il diritto alla felicità.

Non riuscivano nemmeno a capire quanto fossero gravi e gravose le prove che avevano davanti e quanto si sarebbero rivelati brevi, persino effimeri, quei momenti di romantica malinconia.

Questa romantica malinconia iniziò al loro arrivo nella città di Bansko, nella regione natale di sua madre Bojourka e del nonno Ferdinand.

In alto, sopra la città, si alzavano le vette del monte Pirin, mentre sotto, sembrava come se con innumerevoli occhi, le antiche case li guardassero con le loro piccole finestre e tende, i bovindi, i tetti di tegole, gli alti recinti e i pesanti portici di legno.

Lì si respirava lo spirito dei tempi passati frammisto a quello dei giorni nostri, con un numero crescente di alberghi e turisti di nuova generazione, che andavano lì a sciare in inverno.

Fecero il check-in e soggiornarono in un hotel accogliente, dotato tutti i comfort delle strutture moderne.

Il personale e la gente del luogo erano estremamente ospitali e trassero gioia dalla presenza della giovane coppia.

In quei giorni passeggiarono per il paese lungo le strette vie acciottolate; poi raggiungevano l'ampia piazza con le fontane e prendevano un caffè.

Tuttavia, forse le più memorabili erano le notti che trascorrevano in una delle varie taverne del luogo, "mehanas" in bulgaro. Si sedevano ai lunghi tavoli di legno con tovaglie ricamate e fitte di colori, circondati dalle luci delle candele, e ascoltavano a lungo musica etnica e canti popolari. Quella musica risuonava come se uscisse direttamente dall'anima delle persone mentre cantavano, piene di pura vita - di amicizia e solitudine, di dolore incessante e amore senza tempo...

Di notte si poteva sentire l'alito fresco del vento di montagna.

Non appena lui percepiva che lei aveva freddo, le riponeva la giacca la sulle spalle, come se avesse voluto proteggerla da sempre. Poi attraversavano il ponte sul fiume, abbracciati, sulla via del ritorno verso la camera d'albergo.

Molto probabilmente anche il loro cammino di vita condiviso sarebbe stato così ripido e in parte innevato, come in quel viaggio verso lo chalet Vihren in montagna. Tuttavia, forse il loro amore avrebbe resistito alle condizioni meteorologiche avverse, proprio come l'albero secolare che era lì - il venerabile e ramificato abete bianco chiamato Baikusheva. Quello era il luogo in cui si promisero di restare insieme per sempre e di non separarsi mai più.

Dovevano ormai ripartire per Sofia. Il volo vertiginoso verso il cielo alto sopra la montagna e i sentimenti elevati finirono troppo rapidamente. Ora dovevano affrontare di nuovo le gravose rivelazioni della vita.

Avevano deciso, secondo le tradizioni, di invitare i parenti al loro fidanzamento ufficiale, che si sarebbe tenuto in un ristorante.

Quella notte avrebbe svelato le risposte a tante domande sul loro futuro.

Non fu come si aspettavano che sarebbe andata. Le ombre delle lacrime represse erano in sempre agguato nell'oscurità. Era come se non fossero in attesa dei loro parenti e conoscenti, ma di persone totalmente estranee e sconosciute. Niente andò bene fin dall'inizio - i genitori di lei erano imbronciati perché dovevano organizzare quella cena per la loro unica figlia - tutte spese inutili, pensavano. Quelli di lui, come sempre, venivano senza portare regali perché, secondo suo padre, bisognava risparmiare, anche se non aveva problemi economici.

L'unica cosa che lui poté darle fu l'anello d'oro con ametista viola della sua defunta madre, che a stento era riuscito ad ottenere da suo padre dopo svariate suppliche. Si inginocchiò davanti a lei, le baciò la mano e glielo porse. Poi si alzò e si fermò accanto a lei. In quel momento, lei si commosse fino alle lacrime e aggiunse di essere grata e allo stesso tempo triste che la sua defunta madre non fosse tra loro. Quella sera fu come se fosse stata solo sua madre a benedirli.

Dopo, seguirono torbidi flussi di parole da parte dei consuoceri, la madre di lei e il padre di lui, in particolare. Entrambi, come due cospiratori, discutevano con soddisfazione di come i loro figli non avessero bisogno di attenzioni, di quanto fosse bello che andassero via, di quanti beni posse-devano l'una, e di quanto fosse cruciale essere frugali per l'altro.

Loro - sua madre, suo padre e sua sorella sembravano così simili nell'aspetto, con quegli occhi scintillanti e lucenti, le gobbe e le smorfie inusuali - come se fossero sempre stati una famiglia. Tuttavia, non illuminati dalla luce, ma coperti dall'o-scuro di questo mondo.

Si era fatto tardi e quella farsa era un peso eccessivo da reggere per la giovane coppia. Uscirono tutti insieme e poi si separarono.

I genitori di lei si stavano dirigendo verso una direzione, il padre e la sorella di lui verso un'altra. Ma loro due? La domanda era ridondante: potevano solo andare a casa dei nonni. Dopo aver salutato, diede a sua sorella una quantità di denaro sufficiente per una corsa in taxi e sia lei che suo padre si misero in viaggio verso casa.

Lui, come sempre, fu cortese e compiacente, ma stava cominciando a ponderare se sarebbe mai passato per la mente a quei due di aiutarlo e prendersi cura di lui come si era preso lui cura di loro per tanti anni. Le stelle lo fissavano cupa-mente, come a rispondergli: "Mai e poi mai…!

# CAPITOLO 6

*L*'estate tornò con il suo cielo azzurro e le soffici nuvole. Fu in una calda giornata di agosto che lei partì per un paese straniero, o meglio per realizzare un sogno tanto agognato.

Dopo il volo, lui le diede il benvenuto. Si scusò per il ritardo. Ma lei sapeva che probabilmente era stanco e aveva guidato a lungo per venire a prenderla all'aeroporto.

'Eccoti, benvenuta.' L'abbracciò e le diede un bouquet di gladioli freschi. Insieme ai gigli, erano i suoi fiori preferiti.

'Immaginavo che saresti stato un po' in ritardo; è una giornata davvero calda oggi, no? Sono così entusiasta di essere qui. Ora sarai la mia guida.'

'Esatto, mia dolce ospite', rispose lui con un sorriso.

'Andiamo!'

Era tutto caldo e rovente: l'asfalto sembrava sciogliersi e l'aria tremolava nella foschia.

Lui indossava una camicia azzurra e un paio di pantaloni bianchi, mentre lei indossava una camicetta scura a maniche corte con una raffinata applicazione di brillantini blu e verdi, e una gonna lunga estiva. Era magra e alta, ma non alta quanto lui. Fuori, la macchina li stava aspettando. Lui aprì la portiera e le disse:

'Ecco, sono sul lato destro, qui il traffico funziona così. Ti piace la mia fedele amica, la Rover? Potrebbe non essere l'ultimo modello, tipo una MG 76, ma è davvero molto affidabile e comoda.'

Era grigia metallizzata all'esterno, mentre all'interno aveva della tappezzeria beige e blu di velluto.

'Certo, mi piace un sacco. Finora non sono stata in del genere e con un pilota così bravo. Potrei solo aggiungere che mi piacciono anche la Jaguar XJ e la Bentley.'

'Lo immaginavo. So che sei una donna alla moda con un grande senso del gusto', disse.

Si muovevano lungo l'autostrada perfettamente liscia. e il sole, come una palla di fuoco, vorticava e li inseguiva costantemente.

Allontanandosi da Londra sulla M5, si stavano avvicinando sempre di più all'Oxfordshire e alla città in cui risiedeva. Mentre lei guardava attraverso il finestrino dell'auto, si lasciava affascinare dai campi verdi e dai graziosi e pittoreschi cottage.

Arrivarono e si fermarono che era ormai tardo pomeriggio. In pochi secondi furono fuori dall'auto. Poi, lei entrò con foga nell'accogliente casetta di lui e subito se ne innamorò. La casa era a due piani, con un minuscolo prato davanti. La condusse nell'ampio soggiorno e si sedettero sul divano imbottito. L'ambiente era proprio bello. Allora, le servì dell'acqua e del succo e una ciotola di fragole fresche.

'Eccoci, iniziamo subito con la macedonia di frutta fresca', sorrise. 'Beh, attenzione, ti confesso che ho provato a preparare qualcosa per cena, ma non sono sicuro che ti piacerà'.

Poi andò in cucina e prese un piatto pieno di verdure arrostite - carote, broccoli, degli anacardi fritti, e filetti di pollo con pepe bianco, succo di limone e panna da cucina. Su un piatto a parte aveva messo piccoli pezzi di cheddar.

'Tutto questo è davvero delizioso', disse lei con soddisfazione.

'Sì, questa volta è andato tutto bene, ma suppongo che tu debba cucinare molto meglio.'

'Hai perfettamente ragione, ma alla fine dipende dai prodotti, questa volta hai fatto proprio una selezione di qualità.' gli disse.

Dopo un po', passarono al dessert: una fetta di cheesecake con una tazza di tè. Aggiunse un po' di panna liquida da una caraffa di porcellana. Per migliorare ancora l'atmosfera, mise della musica di sottofondo – una base di chitarra strumentale leggera e delicata.

Il crepuscolo iniziava già a calare.

'Lascia che ti faccia fare un tour di questa casetta, specialmente al piano di sopra dove si trova la mia camera da letto.'

C'era una stretta scala a chiocciola di legno ricoperta di moquette beige chiaro che portava alla camera da letto.

'Perché non dovrei restare qui, è così comodo!' scherzava lei, sedendosi su uno dei piccoli gradini. Sembrava così fragile in quel momento; con i suoi lunghi capelli sembrava una fata in una casa incantata. Poi proseguirono su per le scale e così raggiunsero la camera da letto: aveva le pareti bianche con una piccola finestra che si affacciava su alcuni alberi di ciliegio in fiore. Là, sotto la finestra c'era una scrivania di legno, e al fianco di essa una piccola libreria, un solo scaffale ad essere precisi, con libri e dischi musicali. In un angolo, accanto a una delle pareti c'era il suo minuscolo letto singolo.

'Riesco a malapena ad entrarci con questa statura che mi ritrovo, ma in qualche modo ci si riesce.'

'Dato che sei così alto, potresti avere bisogno di cambiarlo.' rise in modo spontaneo ed immediato.

Non importava che anche lei fosse alta; spesso la chiamava la sua bambina. Non riusciva a dire con certezza se fosse perché la superava in altezza o perché sembrava una bambina nel suo aspetto delicato.

'Va bene, mia piccola signora, andiamo di sopra, perché a quest'ora sarai esausta. Potremmo guardare un bel film.'

'Certo, facciamolo, a meno che non sia uno di quei film pieni di azione e privi di dialogo, sai che non mi piacciono molto e finisco con l'addormentarmi', stava scherzando.

Lui pensò che ultimamente, a causa di lei o solo per il sentimento che l'aveva catturato, stava guardando sempre più spesso film romantici.

'Non ho niente del genere, ma ho qualcosa di adatto a te: ci sono diversi film con Hugh Grant, Julia Roberts e persino Juliette Binoche. Ti ho già sentito parlare di Sophie Marceau e Marion Cotillard.'

'Non smetti mai di sorprendermi; sei diventato una persona davvero romantica.'

'Niente affatto, sono sempre stato così. Facevo solo finta di essere insensibile.'

'Ok, ti chiederò anche degli altri attori - di Colin Firth, Robert Green, Sean Bean...'

'Ne ho sentito parlare, ma forse sono migliore di loro', disse ridendo e con finta altezzosità.

La notte lasciò scendere a poco a poco la sua cortina di stelle argentee, mentre loro richiudevano le tende chiare delle finestre.

Tra le luci delle piccole candele da tè dal profumo fruttato, lucide lenzuola di seta blu, si immersero nel velo delicato della notte.

La mattina si svegliò ed andò in cucina al piano di sotto, poi la chiamò a lui. Apparecchiò la tavola per la colazione con cornflakes e latte, mini-cornetti, succo d'arancia e caffè.

Ancora assonnata, in una bella camicia da notte di pizzo e avvolta nella sua vestaglia di raso, con la sua silhouette riempiva l'intera stanza di luce e di profumo.

Si baciarono e poi lui le accarezzò dolcemente i capelli, mentre lei gli lisciava la frangia con la sua mano delicata.

'Non hai mai problemi con i tuoi capelli lunghi e ricci - la tua pettinatura è sempre perfetta. Ogni volta che mi sveglio, i miei capelli sembra che siano stati spettinati dal vento per tutta la notte; guarda che casino!'

Fecero colazione con calma e piacere, gustandosi quel momento. Quelle giornate estive erano per lui come una piccola vacanza.

'Al momento avrei ancora da scrivere per i miei studi, ma ora, in questi giorni di tarda estate, ho voglia di dedicare un po' di tempo interamente a noi. Se solo sapessi quante cose vorrei mostrarti! Inizieremo domani.'

'Oggi, voglio solo che mi accompagni in un negozio in città' aggiunse.

'Va bene', gli rispose, senza avere la più pallida idea della sorpresa che aveva in serbo.

Aveva scelto per lei uno splendido anello d'argento con uno zirconio romboidale, ma lei doveva prima provarlo.

Aveva davvero dita piccole e sottili, quasi come quelle di una bambina. Ecco perché le si adattava solo una delle misure di anello più piccole. Era come se anche gli altri fossero felici del loro amore, soprattutto la signora del negozio:

'Siate felici e godetevi la pioggia' disse con quel tipico senso dell'umorismo inglese, mentre li guardava andar via.

'Ora, oltre all'anello di mia madre, prendi questo da parte mia. Voglio che lo indossi e pensi a me…'

Anni dopo gli confidò che ogni volta che lo guardava si ricordava di quel momento, delle parole della commessa e della pioggerella che gocciolava e colava quel giorno.

# CAPITOLO 7

*O*gnuno di noi vive infiniti momenti meravigliosi e di bellezza inestimabile che si accumulano nel profondo del cuore, ricordandoci indubitabilmente quanto valga la pena vivere. Sono come macchie di cielo nello specchio tetro e distorto della nostra mondana routine quotidiana.

Così furono i giorni e i mesi successivi per entrambi.

Fu un nuovo inizio per il loro amore o un ritorno a se stessi? Forse entrambe le cose insieme; perché passato e futuro potevano incontrarsi, dopo un lungo viaggio, solo nel presente.

Quei brevi viaggi rimasero lì da qualche parte, in un piccolo recesso del cuore.

In primo luogo, viaggiarono attraverso le zone vicine all'area in cui erano: Milton Keynes, Aylesbury e Bicester.

Nel pomeriggio, uscirono e lui le fece vedere il campus del parco dell'elegante Stowe School, dove un sacco di figli di celebrità vanno a studiare.

All'ingresso, a sinistra, si vedevano i Campi Borbonici, prati screziati di giallo per via dell'estate. Poi, furono in grado di vedere un tortuoso sentiero nella foresta che girava intorno ai laghi verdi. Ricordava come si fossero fermati davanti al ponte coperto in stile barocco con pareti color arancio, affreschi bianchi e decorazioni. Poi, guardarono in basso i pesci multicolori che nuotavano nell'acqua. Tutto intorno a loro sembrava in qualche modo familiare, come se fossero due luci senza corpo, provenienti da luoghi remoti e da tempi lontani...

Poi proseguirono oltre i cancelli che si sfioravano in un bacio, passando da un'antica pergola, dove rimasero abbracciati, guardando le acque calme.

Tutto era placido e non c'era nulla che potesse disturbare quella quiete, tranne il chiacchiericcio delle anatre e l'aspro schiamazzo delle oche selvatiche, di tanto in tanto. Il sole stava lentamente lasciando tramontare la sua corona di corallo verso la terra. Era già tardo pomeriggio e dovettero tornare a casa. Percorsero un sentiero e si fermarono all'ombra di un cipresso.

'Sai, qui gli alberi hanno una forma particolare: come quella laggiù che ha un aspetto tozzo ma in realtà è piuttosto ramificata.'

'Forse è venerabile. Mi chiedo quante coppie come noi siano state sotto la sua ombra.'

Proseguirono lungo il sentiero, quando all'improvviso si fermarono a guardare le valli lontane e ad ascoltare la musica di una cornamusa che riecheggiava. Lo stesso suonatore di cornamusa, esecutore di una melodia antica, li superò, sorrise e li salutò con un 'Buonasera!'

'Sai, ora il mio cuore è diverso - contiene una specie di dolore, un brivido di qualcosa di passato', disse lei.

Passarono dalle statue di pietra, accanto alle quali lui le scattò delle foto. In particolare, gli piaceva quella in cui lei stava accanto alla dea della luna.

E come d'incanto, la luna aveva appena iniziato a rivelare il suo volto argenteo tra le prime stelle tremolanti.

La mattina dopo, aveva deciso di portarla di nuovo in giro.

'Non abbiamo molto tempo. Dobbiamo partire al mattino presto quando non fa ancora caldo.'

'Dove siamo diretti questa volta?'

'Ancora non te lo dico. Sarà una sorpresa!'

Viaggiarono in quella giornata di sole accecante e nel pomeriggio erano già a Salisbury. Raggiunsero e attraversarono l'incrocio che portava a Stonehenge e si avvicinarono a quel luogo speciale e straordinario.

Dopo un po', furono felicissimi di vedere quei giganti monumentali illuminati dal sole, ergersi in piedi in un modo magnifico e terrificante allo stesso tempo: gli antichi menhir sullo sfondo della fiammeggiante vegetazione del campo.

Quelle ore trascorsero impercettibilmente: tutti i turisti circondavano il monumento e sembrava che stessero girando attorno al sole stesso.

'È meraviglioso... Non avrei mai pensato che un giorno sarei potuta venire qui. È come se la storia e lo spirito dei Celti tornassero a vivere. Sono simili alle tribù tracie nel nostro paese.'

'Non ho una chiave dinamometrica, mia principessa, ma anche con questa maglietta lo farò' si schernì.

'So solo che non dimenticherò mai questo momento', rispose, mentre i suoi occhi sorridevano.

Ogni estate alla fine si allontana, lasciando dietro di sé una scia calda, che ricordiamo con amore durante il freddo e gelido autunno...

Tuttavia, quell'autunno era iniziato in modo piuttosto diverso per loro - non con le piogge, ma con i morbidi raggi del sole e i ventagli delle foglie autunnali, aperti dal vento giocoso.

Un pomeriggio, mentre lei sedeva su un piccolo divano, leggendo una rivista, lui le sedette a fianco e l'abbracciò con affetto. Amavano stringersi nel silenzio dei loro dolci sentimenti, ma molto spesso si facevano accompagnare da musica piacevole e rilassante. Le canzoni che le piacevano sembravano complementare la sua personalità gentile – le voci sensuali di Dido, Enya, Celine Dion e le ballate dei Coldplay, o Def Leppard...

Tempo al tempo e la musica li riportava alla loro terra natale e alle rive del mare. C'era un aspetto romantico e nostalgico in quella musica, carico di flutti di sentimenti autentici – le canzoni di autori bulgari come Mary Boys Band, Tonika e la voce graffiante ma calda della grande cantante Toni Dimitrova. Quando lei ascoltava, i suoi occhi diventavano profondi e silenti; spesso trattenevano piccole lacrime. Era intimamente legata al mare – dove vivevano i suoi parenti da parte di padre...

Dunque, le giornate passarono finché un giorno lui alzò gli occhi dal suo libro, la guardò e disse:

'Che ne dici di andare a Cambridge domani per pranzo? Oltre a fare un giro, mi piacerebbe andare ad una conferenza di uno stimato professore lì.'

'Ci Andiamo davvero? Certo, mi piacerebbe moltissimo' disse 'Poi, sai bene quanto io e te siamo simili e sarà interessante per me imparare qualcosa di nuovo.'

Lo capiva al meglio, essendo interessata alle scienze e possedendo le qualità giuste per una carriera di tutto rispetto in quel campo. Purtroppo, aveva dovuto rinunciare a studiare nel Regno Unito, nonostante avesse ricevuto un'offerta e avesse tutto il potenziale necessario. Le cose le furono chiare dopo l'ennesima e ripetitiva 'conversazione' con i suoi genitori.

Era come se l'eco delle loro parole vili e amare risuonasse ancora e ancora; a quelle parole aveva risposto con dignità:

'Non voglio sopportare i vostri insulti e l'attitudine negativa che avete nei miei confronti. Sono consapevole del fatto che l'istruzione all'estero sia costosa, ma credevo che per una volta avreste supportato la vostra unica figlia. È evidente che non succederà. Rinuncio, nonostante gli sforzi fatti e perciò ora so che non vi devo nulla. Non dovrò mai ripagarvi negli anni avvenire, come volete voi.'

Iniziava a capire sempre più distintamente quando le personalità dei suoi fossero avide e legate al denaro; e di dover fare la sua strada completamente da sola.

Avevano ottenuto ogni cosa dai nonni, ovverosia una casa, o meglio svariate case, le loro carriere, e soprattutto, amore e supporto. Perché erano in grado di trattare lei, la loro unica figlia, in modo così deplorevole? Qual era il vero motivo?

Era egoismo estremo o c'era dietro qualcosa di più profondo?

La loro natura profondamente calcolatrice li privava di emozioni e sentimenti. Come se non potessero amare e prendersi cura di nessuno.

Lui aveva pena di lei, ma la sua situazione familiare non era migliore. Si domandava perché le persone che avrebbero dovuto essergli più vicine in assoluto erano, nei fatti, così distanti, scostanti e distaccate.

Il loro presente portava a galla molte domande sulla vita di tutti gli esseri umani.

La gioventù è ricca di opportunità e sogni, che appaiono solo in questo periodo relativamente breve della vita. Se nessuno dava loro un'opportunità al momento necessario; se nessuno li appoggiava; allora quel viaggio solitario diventava molto più complicato e le disillusioni ben più grandi.

Non dovremmo tutti quanti essere entusiasti di fare qualcosa per gli altri, qualcosa che duri nel tempo, qualcosa di autentico e umano?

Vorrei davvero che molte più persone potessero rispondere a questa domanda in modo affermativo e inequivocabile; poiché è questo ciò che ci lasciamo dietro e conferisce senso ai nostri giorni sulla terra.

## CAPITOLO 8

'Credi che faremo in tempo per la conferenza?' gli chiese lei.

'Naturalmente, siamo già in città e non ci vuole molto da qui al college. Poiché sarà troppo tardi per tornare indietro dopo la conferenza, direi di rimanere una notte o due, così potremo passeggiare e visitare la città.'

'Non perderei mai un'opportunità del genere,' gli rispose.

Arrivarono in tempo e trovarono l'aula. Dopo, ascoltarono la conferenza con interesse e al termine si recarono all'hotel. La camera era accogliente; le decorazioni bianche e azzurre. C'era anche un divanetto, su cui sedettero e discussero a lungo dei punti chiave della conferenza…

La luce fioca di una tranquilla alba autunnale filtrava attraverso le tende blu di velluto. Non vedevano l'ora di andare in giro per la città. Fecero colazione in fretta lì in hotel e uscirono.

Non importa quanti anni fossero passati da allora, niente poteva cambiare il ricordo di quei momenti elettrizzanti, regalatigli da quella città che riuniva insieme storia, conoscenza, cultura ed eleganza. In alter parole, un trionfo di anima e raziocinio.

La prima cosa che videro fu l'ingresso monumentale del Trinity College, incorniciato dai colori delle foglie d'autunno. Poi, camminarono sui ponticelli lungo il fiume e sulla strada principale, King's Parade. Lì, videro il St. Catherine's College, il gigantesco King's College e la splendida architettura gotica della cappella, con le sue alte arcate.

Camminavano con leggerezza come due nobili figure tra i numerosi studenti e passanti.

Improvvisamente, si imbatterono nella vetrina di un piccolo negozio di giocattoli e souvenir.

'Entriamo. Ho trovato qualcosa per te,' disse lui.

Allora, fra i molti giocattoli di lusso, prese un piccolo orsacchiotto che indossava un maglioncino blu elettrico on la scritta: 'baci'.

La bella commessa sorrise e glielo porse. Li salutò, augurando loro una buona giornata e una piacevole visita della città.

Quella realtà le piaceva molto, specialmente perché riusciva ad apprezzare ogni piccolo gesto romantico che faceva lui. Ancora oggi, ha ancora con sé il suo amato Boyd, il piccolo orsacchiotto.

Poi proseguirono e si sedettero ad un piccolo tavolo dell'Auntie's café.

Mentre chiacchieravano e mangiavano torta al limone, notarono che un gruppo di persone li osservava con sguardo ammirato e pieno di rispetto. A loro volta, annuirono e sorrisero in segno di saluto.

C'era qualcosa di non detto e appena accennato, qualcosa di magico in quel momento; qualcosa di simile a quando erano in cima al campanile della cattedrale di St. Mary's the Great, da cui una vista mozzafiato dell'intera città si rivelava ai loro occhi.

La salita per le scale strette e tortuose somigliava agli ostacoli, agli impedimenti e gli intralci che si trovavano lungo la strada del loro sempre elevato e ineguagliabile amore.

Lì, nel mezzo del silenzio dei loro cuori e di quell'inspiegabile sentimento di nostalgia, nato da quella grandiosa vista aerea, si sentirono una cosa sola.

Prima di scendere, rimasero fermi lì ancora un po', accoccolati in una promessa d'amore. Proprio lì in cima.

Ormai si era tardo pomeriggio e dovevano tornare in albergo, ma sembrava che non volessero far finire quel giorno, mai. Per quel motivo presero posto al ristorante Henry V e guardarono la grazia dei cigni e dei loro cuccioli che nuotavano nel fiume. Poi camminarono per il ponte coperto del St. John's College e pian piano si avviarono all'albergo.

# CAPITOLO 9

Q uell'autunno, lasciarono la città. Magari il tempo e le strade li avrebbero guidati ancora più lontano, ma non lontano dal loro sogno diventato realtà. Quel sogno era destinato a ricordare loro in eterno che nella vita era possibile vivere anche momenti di felicità che avrebbero sempre trovato rifugio nei loro cuori.

Ora aspettavano con trepidazione l'arrivo di un Natale completamente diverso da quelli passati; il loro primo Natale insieme a Londra.

Il tempo non è mai abbastanza per guardare tutte quelle attrazioni che rendono la capitale britannica unica, ma è appena sufficiente perché si riesca ad avvertirne l'atmosfera e a riscoprirne la bellezza.

La ricordavano a quel modo – con le lunghe passeggiate per le rive del Tamigi, lungo i cui ponti un infinito numero di luci sorgevano e tramontavano. Passarono attraverso Kensington e Knight's bridge, poi dalla Torre di Londra e raggiunsero il Millennium Bridge. Passeggiarono lungo il ponte, poi su fermarono sulla balaustra argentea per poter fissare i propri occhi sulla visuale.

Era già stato nelle sale espositive di Buckingham Palace.

Ora che erano insieme, lei voleva visitare anche la Tate Gallery.

'Mi sono sempre piaciuti gli artisti rinascimentali, così come gli impressionisti. Quando ero a Parigi, li ho visti al Museo d'Orsay. Mi piacciono il gioco di colori, le diverse gradazioni, la luce al loro interno. Così, con molte sfumature di colore la natura riesce a farti emozionare nei capolavori di Turner, per esempio, disse lei.

'Anche io amo guardarli. Bada bene, quando si parla di ritratti e di rappresentazione dell'animo umano, non si può non menzionare la scuola d'arte fiamminga, e in particolare i ritratti di Van Dyck. Qui, in questo luogo speciale, ho avuto modo di vedere i suoi capolavori,' rispose lui.

'È proprio così. C'è una profondità densa e pensierosa in essi, che in un certo senso dice tutto.'

'Quando ci penso, non posso che ricordare le nostre tradizioni locali, che risalgono alla scuola di Turnovo e Zachary Zograph – il pittore di icone, i dipinti murali nella chiesa di Boyana e le immagini dei nostri re e delle loro spose. Fu l'inizio del rinascimento nelle nostre terre. Quanta bellezza e tenerezza è racchiusa nell'immagine della nobildonna moglie del boiardo, Dessislava, o i volti delle damigelle dallo sguardo penetrante, ipnotizzante, che ci fissano dalla tela del famoso artista Vladimir Dimitrov,' disse lui.

È così. L'arte ci avvicina alla bellezza e alla gentilezza rendendole nostre per sempre. È l'espressione delle emozioni e delle verità più care e amabili. Dobbiamo solo avere voglia di avventurarci nel suo regno.

A Londra c'è un infinito numero di opportunità in tal senso – con l'imponenza dei palazzi, i parchi, i musei memorabili, le gallerie d'arte, le case in stile vittoriano e georgiano perfettamente preservate, i teatri come il National Theatre, l'Old Vic, lo Shakespeare's Globe, e le sale da concerto: Covent Garden, Royal Albert Hall e Camden's Roundhouse.

Per lei fu estremamente difficile lasciare quella città, che ti incanta in modo misterioso e non abbandona mai la memoria. Probabilmente il modo migliore per dire arrivederci ad una città del genere è quello di guardarla dall'alto del the London Eye, la gigantesca ruota panoramica.

Nella foschia sottile di quei giorni, videro ancora e ancora i contorni della città e percepirono un senso di docile pena, che arrivava piano, con la pioggia.

# CAPITOLO 10

*D*opo quel Natale magico, li attendeva un lunghissimo viaggio di ritorno, così come un addio durissimo che ormai si faceva vicino. Sarebbe stato un congedo da un intero mondo di affetti, pieno di amici e infiniti ricordi: in fondo, da una parte di loro stessi. Certe persone lasciano il segno nella sensibilità di altri esseri umani grazie alla loro bontà, ospitalità, emotività, e grazie ai discorsi condivisi. Così erano i loro amici; quelli che incontravano per strada e che sarebbero rimasti accanto a loro, anche a una grande distanza di chilometri. E cosa avevano lasciato a loro, a parte memorabili foto e i souvenir? I loro volti sorridenti, le conversazioni piacevoli e quel po' di tristezza che si cela sempre nel dire addio. L'amicizia è un legame tra mondi, una comunicazione a un livello profondo, là dove muore la solitudine. Ad ogni esperienza di vita, una persona conosce se stessa più a fondo. Non percepirono la velocità del tempo che passava su quell'isola da sogno, ma iniziarono anche a rendersi conto che quel luogo era stato per loro come una rivelazione utile alla vita e al contempo a loro stessi. Forse aveva imparato che niente inizia mai nel presente; che nell'infinità dell'animo umano ogni cosa ha il suo passato oltre che un eterno inizio.

Partendo per un viaggio verso l'ignoto, si scopre subito che quest'ultimo non è poi un estraneo, ma ha piuttosto la forma della conoscenza o di una cognizione dimenticata, distante da noi per via del tempo.

Un giorno l'ignoto torna a farsi vivo e il nostro cuore ci conduce inconfondibilmente verso di esso; anche quando la realtà insensata sembra dirci che non ce n'è bisogno e che la nostra situazione non cambierà per il momento. Ora però dovevano partire...

Lui capì che l'intelletto da solo non è sufficiente per fare una buona carriera. Almeno in quel momento, dovette dimenticare le sue speranze di un nuovo inizio, paga di tanti sforzi e dolori. Senza una famiglia ad amarlo e un sostegno che era semplicemente impossibile trovare...

Nonostante si fosse trovato ancora, per l'ennesima volta, coinvolto in una lunghissima lite, addolorato dall'indifferenza e dalla freddezza di suo padre - con le sue brevi telefonate, durante le quali non lo ascoltava nemmeno, come se lui parlasse con se stesso in un monologo, in un soliloquio; e, dopo, suo padre finiva col vantarsi di quanto fossero state economiche le sue conversazioni telefoniche.

Nonostante tutte le lettere al figlio in cui spiegava a lungo come non sarebbe stato opportuno o auspicabile tornare a casa; il motivo era che aveva pensato principalmente a se stesso e a sua sorella.

Nonostante tutte queste avversità, era comunque dell'opinione che la sua impeccabile istruzione e la laurea nel Regno Unito gli avrebbero assicurato un buon futuro nella sua patria.

Tuttavia, allora non immaginava ancora che la società retrograda del suo pase, le molte, pesanti e diaboliche interferenze nella sua vita privata - ovverosia l'ingerenza eclatante da parte della futura suocera, per non parlare di suo padre -

gli avrebbero dimostrato più e più volte che questa sua speranza era stata solo un'illusione.

Lui, però, non voleva affatto rinunciare ai suoi sogni e al desiderio di ottenere un futuro migliore.

Sebbene fosse solo, sperava che qualcuno avrebbe avuto bisogno di una persona come lui e gli avrebbe dato una possibilità. Ma non riusciva proprio a immaginare gli enormi ostacoli, le difficoltà e gli anni di scoraggiante tormento che lo aspettavano.

# CAPITOLO 11

Il loro viaggio di ritorno a casa iniziò una mattina presto, mentre fuori pioveva a torrenti, torbidi e ventosi. Gli sembrava di toccare il fondo, ormai privo di qualsiasi entusiasmo…

Quel giorno la pioggia non cessò mai. Sembrava che il tempo li vedesse andare via in lacrime. C'era una profonda e totalizzante malinconia, come un adagio di Albinoni, come il suono del clavicembalo nelle melodie di Corelli o Zippoli.

Una melodia barocca e un suono commovente di viola…

La danza solitaria dei pensieri in silenzio.

Durante la maggior parte del viaggio rimasero in silenzio, forse perché non c'era davvero bisogno di parole.

Così raggiunsero Londra e da lì proseguirono per Dover, dove sarebbero saliti sul traghetto per Calais. In questo modo, il loro viaggio sarebbe durato molto più tempo, ma almeno sarebbe stato ben più interessante del semplice sfrecciare tra le nuvole nel cielo, su un aereo. Lui, almeno sulla via del ritorno, voleva vedere i paesi attraverso cui avrebbero viaggiato.

Era ormai primo pomeriggio e si stavano avvicinando alla città.

Anche da lontano, si poteva vedere il candore scintillante delle scogliere sullo sfondo del cielo coperto.

Passarono diverse ore, e loro, insieme agli altri passeggeri del pullman, non erano ancora saliti sul traghetto. C'erano pannelli informativi su ogni lato, che mostravano segnali lampeggianti in francese. Lei lesse velocemente il cartello e disse agli altri che veniva chiesto loro di aspettare a causa del maltempo e del mare mosso.

Le ore passavano, ma nessuno dei due aveva fretta di andar via.

Ci sono segni nella vita a cui dovremmo prestare molta attenzione e che dovremmo interpretare attentamente. Spesso, neanche la natura riesce a restare immobile o inespressiva.

Il mare, quella massa palpitante e apparentemente infinita di flutti e acqua bianca, infuriava e ruggiva…

Sembrava che non volesse e non potesse lasciarli andare…

Forse era consapevole che da quel momento in poi la loro vita sarebbe stata dura e burrascosa, forse dovevano restare lì, dove il loro cuore li ingiungeva di restare…

A volte il destino però è più potente e quel giorno dovettero andare fino in fondo.

Nel tardo pomeriggio erano già saliti sul traghetto e si erano imbarcati per la traversata della Manica.

C'era ancora una certa instabilità e la si poteva percepire. Era come se tutte le cose oscillassero e ondeggiassero a un certo ritmo; mentre sia loro che gli altri passeggeri andavano alla deriva sotto quel ritmo particolare.

Anche quando vollero pranzare, il vassoio continuava ad inclinarsi bruscamente e quasi cadeva.

Così, come statuette, spostandosi da una parte all'altra, alla fine riuscirono in qualche modo a sedersi.

In poco tempo tutto gradualmente si calmò.

Lei fissava il mare attraverso l'oblò. Già a suo agio, sembrava che guardasse il riflesso dell'oblò nei suoi stessi occhi. Lui suggerì di godersi la veduta per un po' anche dal ponte. Si stavano già avvicinando a Calais e potevano persino vedere i contorni vaghi della costa francese.

Dopo, avrebbero proseguito il loro viaggio attraverso Francia, Belgio, Germania e Austria.

Durante il viaggio, attraversarono, fra le altre città, Lille, Gent, Bruxelles e Vienna. Almeno in quest'ultima città riuscirono a fare un giro turistico, anche se solo per un paio di giorni prima della partenza per Sofia. Vienna non era solo il Palazzo di Maria Teresa, il Castello di Schönbrunn, i vasti parchi e le alte torri del municipio, l'impressionante teatro dell'opera, le sale e gli altri teatri. Sembrava che avesse un suo volto e una sua voce, proprio come un solenne valzer di Strauss, come una rapida e allegra melodia di Mozart. In molti momenti, in quella città, il romanticismo non è più solo qualcosa di lontano e passato, ma può essere rivissuto e goduto anche oggi: un giro su una carrozza trainata da cavalli, il trambusto esilarante lungo la strada principale e la Stephansplatz, il profumo di un caffè viennese in ritardo e il sapore delle torte.

Questo sogno fiabesco sulle rive del Danubio fu così breve, eppure così reale che sarebbe rimasto imperituro e immutabile nel vortice degli anni che passavano.

Il fiume le ricordava probabilmente la sua infanzia e le estati che trascorreva dai nonni a Svishtov, la cittadina sulla riva del Danubio in Bulgaria.

Spesso gli raccontava della loro casa nel centro della città, affacciata sulla statua del patrono del commercio - il Mercurio volante in cima alla Scuola Superiore di Commercio, delle passeggiate lungo la strada principale verso la piazza di Aleko (un famoso scrittore bulgaro della fine del XIX secolo) e il negozio di dolciumi vicino all'antica torre dell'orologio, sull'alto monte chiamato Kaleto ("vecchia fortezza"), che sovrasta la città. Da quel punto, le persone potevano vedere navi e chiatte andare alla deriva lungo l'acqua come lunghe isole galleggianti.

Ricordava anche le fresche e ventilate serate cariche di musica nel giardino comunale tra i castagni in fiore.

Questa città sembra raccontare una storia che parla di tempi antichi, della ricerca, dell'istruzione, della scienza - con il suo primo centro di lettura comunitario, (chiamato 'Chitali-shte', che combinava biblioteca e teatro in una sola realtà, risalente al revival bulgaro), la Scuola Superiore di Commercio, l'Accademia delle finanze ecc.

Quella città, che ancoranconserva la sua storia culturale, è il luogo in cui le arti si intrecciano in un unicum: una città di scrittori, scienziati, artisti e musicisti.

Quell'atmosfera ti regala qualcosa di sé, ma anche tu devi integrare parte della tua vita in essa.

Tutto ciò era rimasto per sempre dentro di lei, assieme agli occhi dolci dei suoi parenti stretti, e assieme alle sere in cui si sedevano tutti intorno al tavolo insieme - nonna Mariika e nonno Hristo con le sue sorelle - lei le chiamava zie, e i suoi cugini, figli della sorella di suo padre. Le due nipoti e il piccolo nipotino con il suo sorriso spontaneo e genuino da bambino...Erano la loro gioia più grande. Quei giorni indimenticabili e le serate blu che a volte le mancavano così tanto...

Ogni singolo viaggio inizia come un sogno e poi diventa parte della nostra vita.

Attraverso di esso, riscopriamo la dimora che abbiamo nel cuore nella sua interezza, una dimora che unisce persone e luoghi; e che è così diversa in tempi diversi, ma che rimane la più cara, unica e sola.

Tuttavia, ogni viaggio finisce sempre con un ritorno.

La domanda è se torniamo al passato fermo e congelato prima del viaggio, o se invece continuiamo verso il nostro futuro.

# CAPITOLO 12

*R*imuginava sul fatto che era più facile per lui descrivere i momenti piacevoli e le sensazioni gioiose, piuttosto che i momenti di tribolazioni e l'acutezza della sua angoscia.

Non è qualcosa che si possa esprimere facilmente a parole – quelle inadeguate, vuote e senza voce…

Eppure, avrebbe dovuto spiegarlo…

Si ritiene che la felicità condivisa venga raddoppiata, mentre il dolore condiviso venga ridotto.

Si spera che sia stato così anche per loro, poiché gli anni successivi a quel ritorno non furono affatto favorevoli.

Insieme, dovettero affrontare una tenace disperazione.

Dieci anni così passarono in fretta. Dieci anni della loro giovinezza non vissuta ma priva di lamenti

Come recita una vecchia canzone popolare bulgara toccante e struggente:

'Gioventù abbandonata, madre,

la gioventù abbandonata potrebbe non essere riconquistata mai…'

La loro gioventù non era stata né piena di risate, né serena.

43

Era stata invece travagliata e gravida di tempi duri, che sottoposero loro saggezza e maturità ad una grande sofferenza.

I loro occhi erano ormai privi di lacrime, ma nel profondo delle loro anime le lacrime c'erano, assopite e trattenute. Non piante, non dette, inconsolabili...

Se solo qualcuno avesse potuto fermare quel circolo vizioso di aspettative non soddisfatte e delusioni immeritate.

Alcune delle persone che li avevano illusi e delusi facevano parte della cerchia familiare: sorella, padre, madre. Avevano nomi propri, ma era molto probabile che dopo un po' li avrebbero persi...

Il resto era solo una massa senza volto, composta da conoscenti e sostenitori (di madre e padre).

Magari, all'inizio, non potevano presumere che sia il padre di lui sia la madre di lei avrebbero investito così tante risorse e coinvolto così tante persone per cercare di preservare la loro immagine artificiale di persone perbene; con tutto il loro astio e le loro cattive azioni contro i propri figli.

Non erano buoni né nei pensieri, né nelle azioni.

Una persona di buon cuore non presumerebbe mai, infatti, che una malvagità del genere esista e sia così vicina; che un amore del genere e l'impegno di entrambi sarebbero stati massacrati da odio illogico.

Sfortunatamente, la vita a volte si dimostra crudele in modo davvero chiaro e inconfutabile...

Non tanto attraverso le parole, quanto attraverso l'atteggiamento verso gli altri...

Certamente, ci sono persone che maltrattano altre persone, estranee o amici. Si dice si chiamino "cattivi"...

Tuttavia, che tipo di persone sono quelle che trattano i propri figli in questo modo? La parola "cattivo" probabilmente non è sufficiente qui. È un male così intollerabile, così poco connaturato all'uomo che non può essere concepito, non può essere classificato...

La cosa più spaventosa in quel caso era però il silenzio

degli altri di fronte a quella spaventosa verità; così come la loro pietrificante indifferenza.

In una fase iniziale, i due innamorati soffrivano in silenzio, sopportando tutta la viltà e l'umiliazione; ma non ora, non più, non un minuto di più; dopo tutti quegli anni orribili irragionevolmente sprecati. Volevano raccontare la verità non solo per se stessi, ma anche per non permettere a nessuno di sopportare cose simili in futuro.

Ognuno nasce per sviluppare le proprie potenzialità e scegliere una professione, per avere una casa e crescere figli da amare.

Non solo quando sono bambini e quando cercano di alzarsi in piedi e volare verso i loro sogni come piccoli uccellini, ma anche quando quei giorni sono ormai passati. Anche quando le loro forze svaniscono e quando il tempo sembra chiudere le sue porte, e una prematura vecchiaia avanza a passi leggeri...

I loro parenti più stretti – la madre di lui, le nonne di lei - spesso dicevano loro che i figli sono per la vita, per sempre...

Sapevano com'era aspettarli, abbracciarli quando tornavano da lontano, preoccuparsi con loro e seguire i loro pensieri. Sapevano cosa significava generare la vita...

Questa nuova vita doveva continuare, essere rigenerata, ravvivata, non da vano egoismo, ma da sentimenti e calore umani...

## CAPITOLO 13

*L*e persone più care se ne erano andate...come se la luce si fosse trasformata in oscurità. Là, nelle stanze vuote, la solitudine del passato si insinuava silenziosamente...

In quel momento, il resto delle loro famiglie aveva ormai già mostrato la propria vera natura. Lui era consapevole della sua situazione, ma sperava sempre che ci fossero ancora alcuni valori morali a cui attenersi.

A questo proposito, non aveva illusioni riguardo a suo padre e sua sorella, ma non aveva la più pallida idea di ciò di cui la madre di lei fosse capace.

Dopo la morte della nonna di lei, sua madre aveva cominciato a sentirsi molto potente. Prima, si erano prese cura di lei insieme, comportandosi a tutti gli effetti come due vere madri. Ma a quel punto, sua madre si era sentita libera di portare più volte sua figlia da un notaio, trasferendo così tutte le proprietà a suo nome e diventando l'unica proprietaria dei beni di famiglia, delle tenute e dei possedimenti.

Era già agosto, un mese estremamente caldo.

Era passato appena un mese dagli "atti" di sua madre, e giunse il momento dell'epilogo.

Proprio in occasione dell'onomastico di sua figlia, aveva un proposito importante in mente. Era ancora al lavoro, quando tornò a casa da una riunione con alcuni amici, portandole in regalo un mazzo di fiori.

Aprì la porta e…

'Non ti rendi conto che qualunque cosa io voglia, sarà realtà d'ora in poi', esordì sua madre.

'Non hai il diritto di umiliarmi in questo modo, di venire qui dal tuo altro appartamento ogni singolo giorno a fare scenate.'

'Le tue persone più care non sono più qui, non ti è chiaro? Non importa che questa sia la tua casa da quando sei nata. Questo appartamento è mio ormai e farò come voglio! Ora, prendi la tua roba insieme a quel poveraccio ed esci dalla mia proprietà! Vattene!'

Lei, in lacrime, aprì la porta della sua stanza, prese solo la sua piccola borsa con le cose più preziose, e così, vestita della sua bella camicia bianca e dei sandali, uscì.

Poi, la coppia si diresse verso la casa della sorella e del padre di lui, dove capirono subito che era ugualmente impensabile e impossibile restare…

Questo fu solo l'inizio di una vera tragedia per quei due.

Che sensazione dà essere dei senzatetto? Qual è la sensazione di essere scacciato dalla propria casa e per molti anni spostarsi da un luogo all'altro, portando nell'anima il peso insopportabile del dolore e della desolazione?

Solo loro sapevano com'era. In qualche modo non riuscivano a sentire né il caldo dell'estate, né il freddo dei rigidi inverni mentre cercavano un riparo non solo per se stessi, ma anche per il loro amore - rimanendo con amici e conoscenti, andando in affitto…

Erano consapevoli che non poteva andare avanti così per sempre.

Lui andò alla ricerca della migliore amica di sua madre, che poteva essere in grado di aiutarli. Il padre si era rifiutato di dargli il suo numero di telefono, dopo che non erano riusciti a rintracciarla. Voleva parlare anche alla sorella di suo padre, ma tutto si rivelò vano e inutile. L'appartamento di suo nonno apparteneva già alle sorelle di sua madre, alle sue zie: suo padre aveva venduto loro la sua parte senza nemmeno chiedere in anticipo a suo figlio. A loro, d'altro canto, non importava niente della situazione del loro giovane nipote.

Apparentemente, non ci fu modo di sciogliere questo nodo gordiano; non c'era uscita da questo circolo di sforzi inutili...

Poi, un'estate, il nonno di lei da parte di madre la chiamò per chiederle di andarlo a trovare e scambiare due parole. Non voleva più che sua nipote vivesse come una senzatetto; tanto più che i suoi genitori avevano diversi appartamenti. Così, i suoi genitori si trasferirono nel loro appartamento nel centro della città, mentre lei, insieme a lui, si spostò in un altro dei loro appartamenti in una remota zona suburbana.

Si potrebbe pensare che così che finirono i momenti diffi- cili e le angherie per loro. Purtroppo, non fu questo il caso. Al tempo, non potevano immaginare che tipo di pressioni sareb- bero state fatte per allontanarli di nuovo dalla loro casa...

Anche se suo padre non si curava di sua figlia da molto tempo e sebbene lui avesse accettato con sottomissione i difetti di sua madre, lei continuò ad essergli attaccata.

In passato si era lamentato del cattivo atteggiamento di sua moglie nei confronti di lui e dei suoi parenti. Sebbene non fosse felice e volesse divorziare da lei, rimasero insieme; probabilmente perché lui sapeva che così la vita sarebbe stata più facile e perché pensava anche ai benefici materiali.

Suo padre spesso le diceva che una volta cresciuta avrebbe capito molte cose della vita e del suo matrimonio.

Un matrimonio fallito significava non solo infelicità, sfor- tuna e disgrazia per gli sposi, ma anche per i loro figli. Così era stato infatti il matrimonio di sua madre Bojourka.

È terribile quando grandi incongruenze e differenze inconciliabili si incontrano: la gentilezza incontra l'egoismo, l'intelligenza affronta la ristrettezza mentale, persino l'ignoranza. A quel punto però, è impossibile che la contraddizione duri a lungo - prima o poi cade a pezzi, lasciandosi dietro miserabili destini...

# CAPITOLO 14

*E*ra una nevosa giornata di gennaio. Lui tornava a casa, pendolare come al solito, dal lavoro e nel suo lungo viaggio meditava sul fatto che erano già passati dieci anni da quando si erano congiunti, da quando avevano percepito il pulsare delle rispettive vite. Pur focalizzando la mente su quell'istante, quest'ultimo gli sembrava troppo distante e offuscato dalle nuvole scure del presente.

Nulla era affatto cambiato da quando si erano trasferiti nell'appartamento dei suoi genitori. Non era una casa accogliente o tranquilla. Quella era stata una mossa ricercata e l'unico modo per tenerli buoni e distanti. Tutto era iniziato già dal primo giorno. Inizialmente, alcuni conoscenti dei suoi genitori iniziarono a chiamarli, chiedendo loro con insistenza per quale motivo fossero lì. Col tempo, questi episodi si tramutarono in telefonate quotidiane continue sia sui telefoni fissi che sui cellulari da parte di estranei, anche al lavoro o di notte.

In concomitanza con ciò, tutti i vicini che abitavano nei dintorni, così come quelli che vivevano nello stesso pianerottolo, furono coinvolti in questa follia. Li incontravano spesso; li guardavano con palese disprezzo, dicendo che erano rimasti lì abbastanza a lungo, era ora che se ne andassero.

Lui non intendeva neanche descrivere tutti i dettagli, tutte le cose che avevano causato loro tanto così dolore e sofferenza.

Quello era un vero incubo, che non sembrava poter finire.

Chiunque penserebbe che una cosa del genere non potesse davvero essere accaduta ad uno come lui o, ancor di più ad una come lei. Purtroppo, il male può affliggere chiunque quando meno se l'aspetta…

Sapevano esattamente chi volesse cacciarli da lì, di chi erano amici questi vicini.

Comprendendo abbastanza bene la causa principale della situazione che stava sorgendo, lei andò a casa dei suoi genitori varie volte per parlare. Quelle discussioni mostrarono in modo inequivocabile di che tipo di avidità erano capaci. Volarono affermazioni pesanti: perché quei due non potevano vivere altrove? perché la loro figlia doveva essere lì e usare i loro mobili, perché i suoi genitori nonpotevano affittare quell'appartamento e trarne profitto proprio come facevano con i loro altri immobili?

Naturalmente, da molto tempo anche loro volevano andarsene da lì per vivere sereni, per avere almeno una vita normale, per così dire…

Tuttavia, allora non era possibile e le loro famiglie lo sapevano. A quel punto non avevano più parenti in vita in grado di fornire loro un alloggio. La cosa peggiore era che non potevano permettersi di affittare una casa.

Ci si potrebbe chiedere perché. Non è davvero come dicono? Che se uno non ha una casa, alla fine lavorando sodo può arrivare a permettersi un posto dove vivere? All'inizio erano anche loro di questa opinione. Pensavano che la loro eccellente istruzione accademica e le loro lauree, insieme al loro impegno totale nel lavoro, li avrebbero aiutati in questo senso. Tuttavia, l'unica cosa che non avevano previsto era il fatto che gli sarebbe stato negato anche quest'ultimo sussulto di dignità...

La vita a volte può somigliare ad un uragano, che abbatte i rifugi delle aspettative, o ad una tempesta nell'oceano, che fa naufragare e affonda navi piene di sogni...

A differenza dei cataclismi naturali, qui sono gli esseri umani a nutrire paradossi e contraddizioni sociali.

# CAPITOLO 15

*A* volte, una persona si sente in qualche modo infelice e sfortunata, in questo o quell'altro aspetto della vita, che si tratti di trovare l'amore, un buon lavoro o amici leali. Tuttavia, queste cose possono cambiare nel tempo. Ma è molto più difficile farcela se, dall'esterno, vengono compiuti sforzi intenzionali per influenzare ogni aspetto della vita di questa persona. Erano già stati privati della casa, ma questo sembrava insufficiente ai genitori di lei. Avevano chiaramente reso chiaro con parole e azioni che non volevano che i loro figli trovassero un lavoro adeguato e non raggiungessero successo.

Nessuno sapeva da quanto tempo avessero ordito quelle macchinazioni ai danni dei propri figli, e da quanto l'invidia si fosse insinuata nelle loro anime. Non erano chiari nemmeno i motivi per cui avrebbero manifestato quelle cose in un modo così abominevole, inammissibile.

Indubbiamente, quello non era un normale comportamento da genitori. Forse non volevano accettare l'evidente contrasto tra loro stessi e i propri figli - tra la buona natura e l'avarizia, tra la buona educazione e la sua assenza, tra l'intelletto e la meschinità, tra l'apertura mentale e la mentalità dura come le ossa, tipica dei tempi andati.

Intrecciare una rete di intrighi e inganni, usare persone e risorse per ostacolare lo sviluppo dei propri figli - può mai essere giustificabile?!

'Sei solo una sciocca. Non sarai mai meglio di me!' le disse sua madre.

'Non è vero. Le persone ci rispettano e i tempi sono cambiati. Un giorno ci saranno sicuramente opportunità di carriera anche per noi.'

'Chi ti rispetta, dopo tutto? È troppo tardi ormai per una carriera. Sai chi sono io?! Hai idea di come andrà a finire la tua vita? Ecco come, come un cane per strada, randagia, affamata!'

'È un peccato che non ci sia nessun altro qui a sentirti. Tuttavia, dovresti sapere che nessuno approverebbe mai questo tuo atteggiamento nei confronti di tua figlia', disse e se ne andò dopo l'ennesimo litigio.

Quando lei glielo raccontò, lui non riuscì a trovare le parole.

Si dice che nessuno scelga i propri genitori, ma ognuno può scegliere la propria strada nella vita.

Si dicevano spesso che era davvero un peccato che persone giovani e intelligenti con un tale potenziale non potevano farcela, semplicemente perché avevano avuto la sfortuna di essere nate in famiglie inadeguate. Quanto diverso sarebbe stato il loro futuro, quanto più velocemente avrebbero realizzato i loro sogni, se avessero avuto accanto delle persone amorevoli, premurose e piene di buone intenzioni, desiderose di felicità per i loro figli.

Avevano buone qualifiche, lavoravano con dedizione e coscienza, avevano ottenuto successi e poi? Ovunque andassero, i datori di lavoro avevano già ascoltato le menzogne e le continue parole di sdegno dei loro genitori, venivano derisi e umiliati e alla fine gli veniva detto di cercare un altro lavoro da qualche altra parte.

Così fu per molti lunghi anni...

Avevano sopportato di tutto, era giusto?

Lei era al suo fianco e insieme cercavano di sopravvivere, di darsi una possibilità, a prescindere dalla potenza violenta della cosa o della persona che gli si opponeva.

Ecco perché lei riteneva che, in quelle circostanze difficili, l'unica via d'uscita per loro fosse la conoscenza delle lingue straniere e l'opportunità di lavorare nel campo dell'istruzione, dove l'intelletto era apprezzato.

Tuttavia, ogni volta che si ha a che fare con gli umani, indipendentemente dallo specifico percorso intrapreso, questi possono essere sempre influenzate dall'esterno. Un impatto così enorme e delle connessioni potenti le avevano la madre di lei e il padre di lui, in quanto membri eminenti del Partito Comunista Bulgaro, al potere da 45 anni. Così, fu un gioco da ragazzi per loro orchestrare, dirigere e comandare una gran massa di persone...Persone che non volevano sentire la verità, che non erano interessati ad altro se non ad affermare e difendere la reputazione immaginaria di quei due genitori spregevoli. Si ergevano contro di loro come dei robot privi di qualsiasi pensiero e di ogni briciolo di umanità...

Nelle loro anime riecheggiavano le parole del padre di lui, quando gli aveva detto che non avrebbe mai avuto successo; così come le parole della madre di lei, che spiegavano bene come nessuno, da nessuna parte, li avrebbe mai assunti. Simili erano le parole di molte persone che conoscevano, abituatie a chiamarli "sfigati perdenti".

Fu estremamente difficile per loro venire a patti non solo con l'atteggiamento che gli altri avevano nei loro confronti, ma anche con la generale intolleranza verso il diverso, verso le culture e lingue di cui si erano appropriati. Dichiarazioni intrise di così tanto odio che viene chiedersi chi si abbia davanti.

'Quelli che conoscono l'inglese come te sono idioti!'

'Dovrebbe interessarmi delle loro visite a Londra? Ai miei tempi, durante il socialismo, ne valeva la pena; ma ora l'Europa, le lingue - tutte sciocchezze!'

'È bello che tu conosca il francese oltre all'inglese, così posso dirti: "*Merci*, spazzatura".'

'Bene, dato che conosci così tante lingue e sei così sofisticato, perché non ti metti in viaggio e te ne vai da qui, rimani all'estero e non torni mai più, eh?!'

Non era solo una questione di famiglia, ma qualcosa di ben più serio e profondo. Una ripetizione di tutte le cose che erano state sopportate dai loro parenti stretti per tutta la vita, cioè il nonno e la madre di lui, così come l'intero ramo della famiglia del padre di lei, compresi i suoi bisnonni, il nonno e la nonna, suo padre stesso.

Quando erano più giovani, ai tempi della prima infanzia, non sembravano comprendere appieno i racconti di quelle esperienze fatti dai loro parenti stretti.

Ora era il loro turno, il turno della generazione successiva in questa odissea di tribolazioni e prove.

A questo punto sorge una domanda sentita ma scottante: fino a quando? Fino a quando continuerà?

Forse fino al momento in cui la società deciderà di cambiare…

Nutrivano la speranza che un giorno sarebbe successo, quindi andarono avanti. Avanti, grazie al riconoscimento da parte dei loro molti studenti che non li dimenticheranno mai. Poi, grazie al sostegno, alla gentilezza e alla nobile natura dei parenti del padre di lei, dei loro amici e colleghi che erano sempre stati al loro fianco, e di tutte quelle brave persone che credevano in un cambiamento democratico e nella concezione moderna di sviluppo.

# EPILOGO

*E*rano in piedi sul balcone della loro stanza, mentre si godevano il pacifico mare blu marino…Le prime stelle avevano cominciato a scintillare nel cielo, mentre le luci della città tremolavano in lontananza…Rimasero in silenzio, con orecchie tese ad ascoltare il canto delle docili increspature…

Cosa provavano in quel momento in cui i loro cuori parlavano? Continuavano ad accumulare da tempo interi mondi di sentimenti che ravvivano ricordi o creano sogni.

Memorie e sogni che fanno parte di quel tipo di moto invariabile che tutti condividiamo, e che quindi si assomigliano tutti. Pertanto, dobbiamo tutti preservarli e farne tesoro. Nonostante il tempo ci imponga la sua razionalità e materialità attraverso le routine quotidiane.

Credevano che la vita fosse semplicemente un lasso di tempo che ci viene dato o concesso per poter mostrare la nostra buona natura.

Quindi, qual era il loro futuro, dopo tutto questo?

Il futuro è quello che sta arrivando; quello che ci aspetta. È quella cosa che alla fine giunge comunque, non importa quanto tempo ci voglia, o quanta attesa o quanta aspettativa.

BOYKO OVCHAROV

FINE

Caro lettere,

Speriamo ti sia piaciuto leggere *Sentimenti Vagabondi*. Per favore, regalaci un momento e scrivi una recensione, anche breve. La tua opinione è importante.

Puoi trovare altri libri di Boyko Ovcharov al link:

https://www.nextchapter.pub/authors/boyko-ovcharov

Cordialmente,

Boyko Ovcharov e Next Chapter Team